Analyse de l'œuvre

Par Amandine Farges

L'énigme de la chambre 622

Joël Dicker

lePetitLittéraire.fr

Analyse de l'œuvre

Par Amandine Farges

L'énigme de la chambre 622

Joël Dicker

lePetitLittéraire.fr

Rendez-vous sur lepetitlitteraire.fr et découvrez :

Plus de 1200 analyses
Claires et synthétiques
Téléchargeables en 30 secondes
À imprimer chez soi

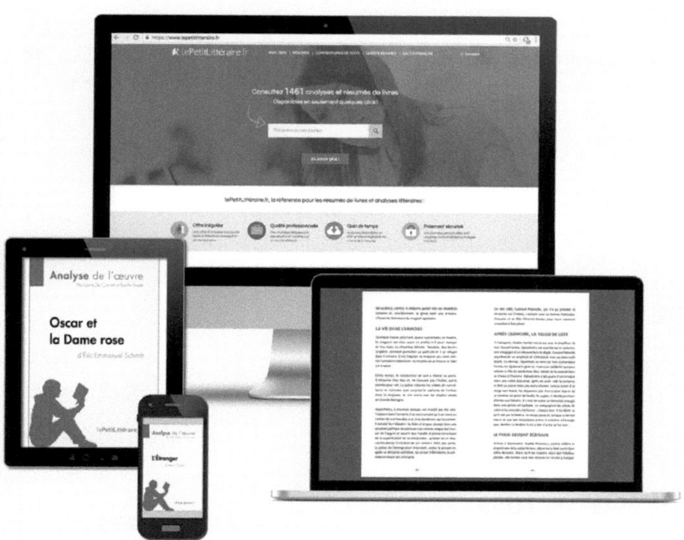

L'ÉNIGME DE LA CHAMBRE 622

UN ROMAN POLICIER AUX CLÉS MULTIPLES

- **Genre :** roman
- **Édition de référence :** *L'Énigme de la chambre 622*, Paris, Éditions de Fallois, 2020, 576 pages.
- **1ʳᵉ édition :** 2020.
- **Thématiques :** enquête policière, énigme, meurtre, pastiche, mise en abyme, théorie littéraire.

Cinquième roman de Joël Dicker, *L'Énigme de la chambre 622* adopte à première vue la forme d'un roman policier classique. Utilisant le dispositif de l'autofiction, l'auteur prend en charge le rôle de l'enquêteur, qui se penche sur un meurtre commis des années plus tôt dans la chambre 622 d'un palace suisse. On plonge alors dans une histoire faite de fausses pistes, de coups de théâtre et de multiples rebondissements. La mise en abyme consistant à suivre à la fois l'enquête menée par Joël Dicker et la rédaction de l'ouvrage à laquelle il s'attèle permet à l'auteur de nous éclairer sur sa façon d'écrire et de rendre un bel hommage à son éditeur, Bernard de Fallois.

La parution du livre, d'abord programmée pour le 25 mars 2020, a été reportée pour cause de confinement au 27 mai de la même année. Le livre a immédiatement rencontré un immense succès.

JOËL DICKER

ÉCRIVAIN SUISSE

- **Né en 1985 à Genève.**
- **Quelques-unes de ses œuvres :**
  - *La Vérité sur l'affaire Harry Québert* (2012), roman
  - *Le Livre des Baltimore* (2015), roman
  - *La Disparition de Stéphanie Mailer* (2018), roman

Joël Dicker, fils d'une libraire et d'un professeur de français, écrit depuis toujours. Sa première nouvelle, *Le Tigre*, a été publiée dans un recueil collectif. Son premier roman, après avoir été refusé par plusieurs éditeurs, remporte le Prix des écrivains genevois. *Les Derniers Jours de nos pères* est finalement publié aux éditions de Fallois. C'est avec son deuxième livre, *La Vérité sur l'affaire Harry Québert*, qu'il rencontre le succès. Ce roman est vendu à plus de 5 millions d'exemplaires dans le monde et traduit en plus de 40 langues. Il a remporté le Grand Prix de l'Académie française et le prix Goncourt des lycéens et a donné lieu à une série télévisée. Joël Dicker a ensuite publié trois autres romans, tous ancrés dans la culture anglo-saxonne et développant des intrigues policières. Suite à la mort de son éditeur, Bernard de Fallois, il annonce en mars 2021 qu'il crée sa propre maison d'édition.

RÉSUMÉ

PREMIÈRE PARTIE. AVANT LE MEURTRE

Alors que Joël Dicker, le protagoniste du livre, est plongé dans la rédaction d'un ouvrage consacré à Bernard de Fallois, son éditeur décédé en janvier 2018, il rencontre sa voisine, Sloane. Commence entre eux une histoire passionnée, que vient contrarier le temps passé par Joël Dicker à écrire. Sloane, qui se sent délaissée, rompt. Pour l'oublier, Joël loue une suite au Palace de Verbier.

Logé dans la chambre 623, il se rend compte avec étonnement que la chambre voisine porte le numéro 621 bis. Quand il rencontre une cliente de l'hôtel, Scarlett Leonas, une conversation s'engage entre eux autour de la figure de Bernard de Fallois, puis sur l'écriture en général et sur la manière d'écrire un roman. Ils se mettent au défi de trouver un sujet et tombent d'accord sur le suivant : qu'est-il arrivé à la chambre 622 ?

C'est à partir de là que le livre va se scinder en deux pour relater en parallèle le récit de leur enquête et celui du meurtre commis dans la chambre 622 qui lui a valu d'être renommée.

Les deux enquêteurs en herbe commencent par apprendre que le meurtre a été commis lors d'une soirée qui devait annoncer qui prendrait la présidence de la banque Ebezner, l'une des plus importantes banques suisses. Selon la dernière volonté d'Abel Ebezner, le président devait être élu par le conseil, c'est-à-dire par Jean-Bénédict Hansen, Horace Hansen et Sinior Tarnogol.

À ce moment-là, Macaire Ebezner, héritier légitime, espérait être nommé président, mais redoutait la concurrence de Lev Levovitch, banquier star et mystérieux, qui entretenait une relation amoureuse avec Anastasia (la femme de Macaire).

Tous s'étaient rencontrés quinze ans plus tôt au sein du Palace de Verbier, tenu à l'époque par Monsieur Rose. Celui-ci s'était particulièrement occupé de Lev, qui y travaillait alors comme bagagiste, le considérant comme l'enfant qu'il n'avait jamais eu.

C'est également dans cet hôtel qu'Anastasia est tombée amoureuse de Lev. Comme sa mère, Olga, ne supportait pas de la voir fréquenter Lev, dont la classe sociale ne lui convenait pas, Anastasia s'est réfugiée chez Macaire qu'elle avait rencontré au même moment. Elle continuait alors à voir, en secret, Lev à qui Abel, le père de Macaire, a proposé un travail au sein de la banque. Macaire s'apprêtait, quant à lui, à devenir vice-président et a demandé sa main à Anastasia. Voulant clarifier la situation, celle-ci a écrit à Lev pour lui dire qu'elle l'aimait et à Macaire pour lui dire qu'elle en aimait un autre, mais elle a confié ses lettres à Sol, le père de Lev, qui après les avoir lues, les a interverties. C'est à ce moment-là qu'il a annoncé à son fils qu'il était malade et lui a donné les deux courriers. Lev les a lus et, effondré, s'est fait consoler par Petra, une employée de la banque sous son charme.

De son côté, Macaire, déprimé par la froideur d'Anastasia, a rencontré Sinior qui, profitant du désespoir et de la naïveté du jeune homme, lui a proposé un premier pacte : ses actions contre Anastasia.

DEUXIÈME PARTIE.
LE WEEKEND DU MEURTRE

Quinze ans après leur rencontre, Macaire, qui a donc épousé Anastasia après avoir donné ses actions à Sinior, part pour le Grand Week-End durant lequel doit être annoncé qui sera le prochain président. Anastasia s'apprête de son côté à le quitter, malgré la grande tendresse qu'elle a toujours pour lui.

Dans l'optique de s'assurer la présidence, Macaire – qui mène d'autre part une double vie puisqu'il est membre des services de renseignement au sein de la division économique de la P-30 – sollicite un rendez-vous avec Sinior, le membre du conseil le plus mystérieux. Celui-ci lui propose un nouveau pacte : la présidence de la banque contre Anastasia.

Il lui fait également part du danger qui pèse sur eux à cause de la P-30 (qui fait pression sur Macaire pour qu'il tue Sinior). Macaire demande donc à Anastasia, qui vient de subir une tentative de cambriolage, de se débarrasser du carnet où il rédigeait ses Mémoires d'agent secret. En le faisant, elle découvre la vie d'agent secret de son mari, mais aussi ce pour quoi il a renoncé à ses actions voilà quinze ans.

De son côté, acculé, Macaire accepte le nouveau pacte de Sinior : perdre Anastasia contre la présidence. C'est alors que Wagner, le coéquipier de Macaire au sein de la P-30, déboule dans la chambre de Macaire. Il lui procure une bouteille de vodka empoisonnée afin qu'il puisse se débarrasser de Sinior si sa nomination n'est pas confirmée. Alors que les Hansen ont voté pour Macaire, Sinior sort une vidéo dans laquelle on voit Macaire vendre les noms des clients étrangers au fisc et Lev est élu.

Macaire se résout donc à se servir de la vodka empoisonnée contre Sinior, mais celle-ci a disparu. Avec l'aide de Jean-Bénédict, ils la cherchent, sans succès : elle a été utilisée pour faire des cocktails. Juste avant que le nom du nouveau président soit annoncé, des malaises se produisent dans le public.

Anastasia et Lev, au Palace, décident de partir tout de suite, les intoxications leur semblant de mauvais augure. Mais Anastasia veut aller dire au revoir à Macaire. Alors qu'ils sont ensemble, Jean-Bénédict vient annoncer que Sinior a démissionné, rendu les actions à Macaire et voté pour lui. Il pourrait donc être président, si ce n'était le chantage que met alors sur pied Jean-Bénédict : la place de président contre son silence sur la vodka empoisonnée. Anastasia, sous le choc, raconte cela à Lev. Elle lui dit aussi qu'elle veut s'expliquer avec Sinior. Quand elle frappe à sa porte et que celui-ci apparait, elle a soudain un flash.

TROISIÈME PARTIE. LE MEURTRE

Quatre mois après le meurtre, on retrouve Macaire chez son psychanalyste, le docteur Kazan qui le suit depuis des années. C'est Jean-Bénédict qui a été assassiné ! Anastasia est bien partie et Macaire est devenu président. Celui-ci apprend, par un courrier anonyme, que Lev et Anastasia se sont enfuis ensemble pour Corfou.

Alors que l'enquête piétine, les policiers reviennent sur une intervention de la sécurité de l'hôtel dans la chambre 623 (celle de Sinior) le soir du meurtre, pour un grabuge. C'est Jean-Bénédict qui avait ouvert. Et le matin du meurtre, on a trouvé dans la chambre de Jean-Bénédict un déguisement de Sinior. Ce serait donc lui qui aurait joué le rôle de Sinior depuis quinze ans, ce que semblent confirmer de nombreux faits. À priori, l'assassin aurait percé le secret de Jean-Bénédict et l'aurait tué.

Deux mois après le meurtre, Macaire a, de son côté, été à nouveau contacté par Wagner, qui lui a demandé pourquoi il a tué son cousin. Niant fermement, Macaire apprend alors que Jean-Bénédict est soupçonné d'avoir joué le rôle de Sinior.

Chez Lev et Anastasia, les doutes subsistent sur ce que chacun a fait la nuit du meurtre. En effet ce soir-là, quand Anastasia est allée frapper à la porte de Sinior, c'est Lev qu'elle a reconnu sous le déguisement. Jean-Bénédict qui, de la chambre d'à côté, a entendu du bruit les a surpris et a découvert qui se cachait derrière Sinior. Il lui a demandé de participer, en tant que Sinior, à une conférence de presse où il lui céderait ses parts, sinon il dévoilerait son secret.

En effet, seize ans auparavant, Lev avait découvert que Sinior était l'un des nombreux personnages que Sol, son père comédien, s'amusait à interpréter. Le soir où il a vu Macaire embrasser Anastasia au Grand Week-End et appris que son père était gravement malade, il a essayé le déguisement de Sinior et c'est sous ces traits qu'il a croisé Macaire, désespéré, et qu'il lui a proposé le fameux pacte. C'est ainsi la bague de sa mère qu'il a donnée à Macaire pour qu'Anastasia accepte de l'épouser.

Suite au meurtre, la police essaie de retrouver la trace de Lev, qui a quitté la suite qu'il occupait à l'hôtel. Le box qu'il loue pour ses affaires contient celles qui servaient de décor à l'appartement de Sinior. La police comprend alors que c'était lui, Sinior.

Alors qu'il est suivi par la police, Macaire va dans une cabine appeler Wagner, à qui il demande de l'aide pour disculper Anastasia. On découvre alors que Lev est Wagner. Sur son lit de mort, Sol a légué tous ses personnages à son fils : Sinior, Wagner, le docteur Kazan...

La police retrouve Lev et les accuse, lui et Anastasia, d'être les auteurs du meurtre.

QUATRIÈME PARTIE.
TROIS ANNÉES APRÈS LE MEURTRE

Anastasia travaille dans un supermarché avec sa sœur. Avec Lev, ils n'ont jamais avoué et les charges retenues contre eux ont été abandonnées.

Un jour, Lev, sous les traits de Wagner, retrouve Macaire à l'opéra. Ils parlent à cœur ouvert et Lev explique pourquoi il a fait tout ça. Macaire enregistre tout : Lev est arrêté pour escroquerie et abus de confiance.

Scarlett et Joël Dicker vont interroger le chef de la sécurité de l'hôtel pour en savoir plus sur le fameux « grabuge ». Ils en viennent à parler de Monsieur Rose qui s'est tué quand Lev a été condamné. Alors que Scarlett comprend ce qu'il s'est réellement passé, elle se dirige vers le bureau du directeur de l'hôtel où elle découvre... Lev ! Celui-ci revient sur l'ensemble des évènements jusqu'au meurtre commis par celui qui voulait le protéger. Monsieur Rose a avoué, des années plus tard, son meurtre à Lev et lui a légué le Palace.

Lev présente le directeur adjoint (son ancien chauffeur) et sa femme Anastasia, avec qui il a eu deux enfants : Edmond (le prénom de Monsieur Rose) et Dora (celui de la mère de Lev).

Alors que Joël et Scarlett vont se dire au revoir, l'histoire s'arrête et Joël lève la main de sa page. Retour à Genève, qu'il n'a jamais quitté : il vient de passer quinze jours à écrire son nouveau roman.

ÉTUDE DES PERSONNAGES

JOËL DICKER

À 26 ans, après avoir terminé des études de droit qu'il a passées à écrire, il envoie ses romans à des éditeurs. C'est finalement Bernard de Fallois qui l'éditera. Son premier texte ne rencontre aucun succès, mais le lie profondément à son éditeur. Le texte suivant rencontrera, lui, un immense succès. Il vit à Genève dans le quartier de Champel. Son assistante, Denise, veille sur lui pendant ses périodes d'écriture. Il joue ici son propre rôle ainsi que celui de l'enquêteur.

BERNARD DE FALLOIS

Personnalité majeure de l'édition française, homme de lettres et redoutable homme d'affaires, il crée, à la fin de sa vie, une petite maison d'édition : les éditions de Fallois, qui furent les premières à publier Joël Dicker. Il décède en janvier 2018, à l'âge de 92 ans.

SLOANE

Voisine de Joël Dicker, ils entament une relation amoureuse qui durera deux mois et marquera profondément l'auteur. Pédiatre, Anglaise par sa mère, elle a été mariée deux ans. Décrite dès la page 18 comme « belle, drôle et intelligente », elle aime l'opéra et les films d'Elia Kazan. Son personnage imprègnera tous les personnages féminins à venir dans le texte.

SCARLETT LEONAS

Elle occupe la chambre mitoyenne à celle de Joël Dicker au Palace de Verdier. Elle vient de Londres pour se reposer après s'être séparée de son mari. Sa rencontre avec Joël Dicker, qui lui parle de la chambre 622 manquante dans leur palace, les entraine tous deux dans une vaste enquête.

MACAIRE EBEZNER

Seul héritier de la banque d'affaires suisse Ebezner, il a une quarantaine d'années au moment du meurtre. Cela fait alors douze ans qu'il a été recruté par Wagner, chef de liaison de la P-30, pour mener des missions de renseignement pour le compte du gouvernement suisse.

C'est un homme doux, gentil et naïf. Du fait des relations difficiles entretenues avec son père de son vivant, il suit une psychanalyse. Marié à Anastasia, il vit avec elle à Coligny, dans une maison qui domine le lac Léman. Il est aimé de son employée de maison Arma.

LEV LEVOVITCH

Fils de Dora et Sol. Sa mère a quitté son père avant de rencontrer un banquier d'affaires avec qui elle est morte dans un accident d'avion. Il grandit au sein du Palace de Verbier dans lequel son père travaille. Monsieur Rose, le directeur de l'hôtel, se prend d'affection pour lui et lui donne une bonne éducation avant de lui confier un poste de bagagiste. Il voit en lui le futur gérant du Palace, mais les hasards de la vie font que Lev rencontre le père de Macaire qui l'introduit dans la banque familiale.

Au moment du meurtre, il est âgé d'une quarantaine d'années. Il est l'un des banquiers les plus admirés de Genève et vient de renouer avec l'amour de sa vie, Anastasia.

Sa beauté, sa prestance et ses grandes capacités intellectuelles sont reconnues par tous.

ANASTASIA

Fille d'une aristocrate russe déchue, Olga, Anastasia est un personnage aux multiples qualités : « Belle, vive, intelligente, drôle, douée pour tout. [Elle est] celle qu'on remarquait immédiatement dans les soirées et les cocktails » (p. 131).

Mariée à Macaire, elle ne lui porte qu'une grande tendresse. Elle est amoureuse depuis toujours de Lev, avec qui elle entretient depuis peu une relation adultère.

OLGA VON LACHT

La mère d'Anastasia est une Russe blanche, élevée au sein d'une famille pauvre dans la nostalgie de leur glorieux passé. Elle a épousé Stefan von Lacht, avec qui elle a eu Anastasia et Irina. Endetté, celui-ci a abandonné sa famille. Devenue vendeuse dans un grand magasin à Genève, sa seule ambition est de « bien marier » ses filles.

SOL LEVOVITCH

En attendant de percer comme comédien, Sol était serveur à Genève ; c'est là qu'il a rencontré Dora qui travaillait au consulat d'Italie. Ensemble, ils ont un fils, Lev, et la famille vit heureuse jusqu'aux 11 ans de ce dernier. Dora quitte ensuite Sol et meurt dans un accident d'avion. C'est suite à ce drame que Sol trouve un emploi au Palace de Verbier. Le gérant de l'hôtel, Monsieur Rose, fait appel à lui pour visiter des établissements de luxe en se faisant passer pour un client afin d'en ramener des idées.

SINIOR TARNOGOL

Originaire de Saint-Pétersbourg, c'est un homme d'affaires sans scrupule. Devenu vice-président de la banque car Macaire lui a cédé ses actions, c'est un homme mystérieux qui semble au centre de nombreuses manigances. Il a une « éternelle mauvaise mine, [un] nez tordu, [des] sourcils broussailleux » (p. 84). Il ne se déplace pas sans sa canne sertie de diamants et vit dans un hôtel particulier.

MONSIEUR ROSE

Directeur du Palace de Verbier, monsieur Rose n'a jamais été marié et n'a pas d'enfants. C'est un personnage présent depuis le début de l'histoire, mais qui prend au fil du roman de plus en plus d'importance. Peu décrit par des détails physiques, il est surtout dépeint à travers ses qualités morales : « Monsieur Rose était un homme hors du commun. Lieutenant-colonel de réserve dans l'armée suisse, il était doté d'un charisme naturel et savait se faire obéir, mais il était aussi un homme d'une tendresse extraordinaire » (p. 290). Considérant Lev comme son fils, il lui apprend « les bonnes manières et la bienséance et lui inculqu[e] l'art du raffinement, du bon goût, de l'élégance, du vin, de la nourriture » (p. 215) et tout ce qu'il faut pour gérer un hôtel.

JEAN-BÉNÉDICT HANSEN

Victime du meurtre qui s'est déroulé dans la chambre 622, il reste pourtant un personnage secondaire tout au long du roman. Membre du Conseil de la banque et cousin de Macaire, il est marié à Charlotte, une femme dépressive.

CLÉS DE LECTURE

UN ROMAN PASTICHE

Un roman policier

> ## Le roman policier et ses différentes formes
>
> *Il est difficile de dater et de circonscrire le « roman policier ». Si certains font d'Œdipe Roi le premier texte relevant de cette catégorie (Œdipe mène l'*enquête sur un crime ancien, l'assassinat du roi de Thèbes), on date plus fréquemment l'origine de ce genre à la période de la révolution industrielle, lors de laquelle la police prend de l'importance dans les villes qui grossissent.
>
> *Double Assassinat dans la rue Morgue* pourrait donc être identifié comme le premier véritable roman policier. Edgar Allan Poe y place les éléments constitutifs du roman policier, ainsi que la structure type des romans de détection avec l'enquête, l'énigme et surtout le raisonnement logique du détective.
>
> Par la suite, s'il fut longtemps considéré comme un genre mineur, le roman policier n'a cessé d'évoluer avec le temps, donnant naissance à de nombreuses sous-catégories, leur seul point commun étant de placer au centre du texte une enquête.
>
> .../...

...//...

Roman d'énigme : ce type de roman policier donne la primauté à la recherche intellectuelle et au raisonnement logique pour résoudre une affaire. Le roman d'énigme s'intéresse plus au déroulement de l'enquête qu'au crime lui-même.

Roman à suspense : contrairement aux romans d'énigme, le roman à suspense (ou thriller) a pour caractéristique principale de maintenir la tension narrative à un rythme de plus en plus élevé jusqu'au dénouement.

Roman noir : le roman noir a pour but de rendre compte des difficultés sociales contemporaines. Il met souvent en scène des personnages dont la vie est difficile, voire misérable, et a comme cadre habituel un contexte de misère sociale et de violence urbaine.

Aujourd'hui encore, de nouvelles catégories se créent, comme le *cosy crime* qui revisite le roman d'énigme en confiant l'enquête à des détectives amateurs qui la mènent dans des cadres souvent bucoliques et sans mention de violence.

En intitulant son ouvrage *L'Énigme de la chambre 622*, Joël Dicker choisit de se placer sous le parrainage de Gaston Leroux et de son fameux *Mystère de la chambre jaune*. Après s'être illustré dans le thriller, il nous livre donc cette fois un roman qui emprunte au roman à énigmes toutes ses caractéristiques. Il reprend en effet à son compte le genre du « mystère du meurtre en chambre close » (dont l'intrigue consiste à savoir comment s'est déroulé le meurtre, commis dans un espace fermé) : « À savoir que le meurtrier était à l'intérieur de l'hôtel. C'est un client de l'hôtel, quelqu'un de la banque ou invité par la banque, en tous les cas quelqu'un qui se trouvait déjà sur les lieux » (p. 418-419).

À la question « Qui a tué ? », Joël Dicker en ajoute une seconde : « Qui a été tué ? ». On apprend en effet seulement à la page 387 qui est mort dans cette fameuse chambre 622. Quant à l'assassin, c'est après 558 pages d'un joyeux Cluedo qu'on apprend qu'il s'agit de monsieur Rose.

L'auteur compose ainsi une enquête riche en rebondissements, comme pouvaient l'être les romans-feuilletons du XIXe siècle qui paraissaient par épisodes dans les journaux de l'époque. Et en effet, Joël Dicker, écrivain populaire s'il en est, semble renouer avec les joies de ce qu'on appelle aujourd'hui le *cliffhanger* : le fait de terminer un chapitre par une fin ouverte qui porte le suspense à son comble et tient le lectorat en haleine. On pense particulièrement ici à la « brève vision » qu'a Anastasia à la fin de la troisième partie, qui ne sera expliquée que dans la partie suivante. C'est en réutilisant ce principe déjà à l'œuvre dans *Les Mystères de Paris* d'Eugène Sue, publié en feuilleton de 1842 à 1843, que Joël Dicker offre en 2020 à ses lecteurs un véritable *page-turner*. Impossible en effet de s'arrêter de tourner les pages de ce roman avant d'en connaitre la fin.

C'est donc dans une enquête haletante et pleine de coups de théâtre que l'auteur-enquêteur nous invite à le suivre. S'adjoignant les services d'une belle et sympathique Anglaise, Scarlett, voici donc un duo de choc qui rappelle tous les détectives amateurs plus ou moins farfelus que nous ont offerts les romans à énigmes. Citons notamment Joseph Rouletabille, le journaliste à la logique à toute épreuve de Gaston Leroux, ou Miss Marple, la fameuse vieille dame qui résout les enquêtes chez Agatha Christie sans s'éloigner de son village natal.

Mais Joël Dicker ne s'arrête pas au roman policier et nourrit son œuvre de nombreuses autres références, se déplaçant ainsi entre différents genres littéraires.

Un roman référencé

L'histoire d'amour exceptionnelle qui lie Anastasia et Lev dans *L'énigme de la chambre 622* semble prendre sa source dans *Belle du Seigneur*, le grand roman d'Albert Cohen qui se situe également à Genève. En effet, de nombreux clins d'œil se devinent dans l'identification des personnages : la beauté, la grâce, mais aussi la situation familiale d'Anastasia sont comparables à celles d'Ariane et on trouve chez Lev de nombreux points communs avec Solal, le héros de Cohen (dont le nom n'est pas sans rappeler celui du père de Lev, Sol). Lev, tout comme Solal, est devenu riche grâce à son intelligence et ses judicieux placements, tout en étant issu d'une famille de « saltimbanques ». « Nous sommes les Levovitch, [...] une grande lignée d'acteurs » (p. 511), assure ainsi Lev. Ces jeux de miroirs existent également à travers le personnage du mari d'Anastasia/Ariane, qui a été épousé sans amour mais par reconnaissance, et qu'on décrit comme gentiment naïf, ne soupçonnant pas ce qui se passe autour de lui, avant de tomber dans un désespoir qui le grandit.

Tout comme dans *Belle du Seigneur*, le couple d'amants, se donnant uniquement l'un à l'autre pendant quelques mois, part vivre leur passion dans un tête-à-tête éperdu dont ils reviendront : « Six mois qu'ils étaient beaux du matin au soir, six mois d'une vie parfaite, hors du temps, six mois d'une partition sans fausse note jouée par Lev et l'armée d'employés de maison qui veillaient sur eux. Six mois d'une perfection absolue. Mais la perfection, songeait Anastasia, on s'en lasse » (p. 495).

Joël Dicker puise donc dans différents genres pour nous donner à lire un roman hybride dans lequel se développe surtout sa théorie de l'écriture.

UNE MISE EN ABYME

La mise en abyme, définie comme « l'enchâssement d'un récit dans un autre récit », constitue la structure même de *L'Énigme de la chambre 622*, puisque les chapitres racontant la progression de l'enquête alternent avec ceux relatant l'histoire du meurtre. Deux récits se déploient ainsi de façon parallèle au sein du livre, tout en appartenant toutefois à deux plans différents, puisque l'un relève de la fiction tandis que l'autre revêt les apparences de la réalité (sans pour autant perdre son caractère fictionnel). En effet, Joël Dicker nous offre le roman qu'il rédige au fur et à mesure de la progression de l'enquête qu'il semble mener personnellement, puisqu'il prête à son double de papier, surnommé « L'écrivain », son nom, son âge, son lieu de résidence et surtout son parcours d'auteur.

Au fil de cette enquête, il sème des informations véridiques sur ses différents ouvrages, de son premier échec au succès de *La Vérité sur l'Affaire Harry Québert* et tout ce que cela lui a apporté. De ces emprunts à la réalité, il tire surtout un vibrant hommage à son propre éditeur, Bernard de Fallois, décédé quelques mois plus tôt. En effet, toute la partie enquête, prise en charge par Scarlett et l'écrivain, est largement parasitée par leurs conversations qui reviennent sans cesse sur cette figure qui a changé la vie de Joël Dicker. D'ailleurs, dès la première page du livre, Joël Dicker annonce qu'il a pour projet d'écrire un livre sur cet éditeur hors normes : « Bernard était décédé au mois de janvier 2018, dans sa quatre-vingt-douzième année, et j'avais réagi à sa mort comme l'aurait fait n'importe quel écrivain : en me mettant à écrire un livre sur lui » (p. 15). Et si on croit par la suite pendant un temps que ce projet a été abandonné au profit d'un roman policier, la vérité se situe en réalité à mi-chemin.

Hommage à Bernard de Fallois

Dédicataire du roman, Bernard de Fallois est celui qui a édité Joël Dicker, de son premier livre, un échec commercial, au succès que l'on connait. C'est tout cet itinéraire qui nous est raconté dans le livre : « Je racontai combien nous avions été heureux, Bernard et moi. Lui qui fut mon éditeur, mon maître et mon ami » (p. 180). Notons d'ailleurs qu'on retrouve ici, mot pour mot, la dédicace de

L'Énigme de la chambre 622 : « À mon éditeur, mon ami et mon maître, Bernard de Fallois (1926-2018) ».

Joël Dicker brosse donc le portrait de cet homme exceptionnel : « Il était un grand homme, doté de toutes les supériorités, qui avait eu, au cours de sa carrière dans l'édition, plusieurs vies » (p. 26). Il expose particulièrement les moments clés qu'ils ont partagés le temps qu'a duré leur relation auteur/éditeur : de leur rencontre à la parution de *La Vérité sur l'affaire Harry Québert* (« Bernard avait le flair et le talent des grands éditeurs. D'une première mise en place de 6 000 exemplaires, nous atteignîmes trois mois plus tard le demi-million vendu » [p. 179]), pour finir sur leur dernière rencontre (« Ce fut notre dernier moment ensemble. Le lendemain matin, il s'en était allé » [p. 564]).

C'est donc tout à la fois un personnage exceptionnel et une relation intense qu'il met en lumière, mais également une vision de la littérature qu'ils partageaient : « Selon Bernard, un "grand roman", c'est un tableau. Un monde qui s'offre au lecteur qui va se laisser happer par cette immense illusion faite de coups de pinceau » (p. 285).

L'ART DU ROMAN SELON JOËL DICKER

> « Vous savez, quand je vis l'histoire, je suis complètement happé. C'est comme si j'étais moi-même à l'intérieur du roman, dans le décor. Et il y a tous ces personnages autour de moi... » (p. 284)

Sous couvert de roman policier, c'est en réalité un véritable manuel du petit écrivain que nous offre Joël Dicker dans

L'Énigme de la chambre 622. En effet, entre déclarations sur l'art du roman et mises en pratique de ses théories littéraires, c'est tout son travail d'écrivain qu'il expose devant nous.

Il nous suffit dans un premier temps de répertorier les conseils et retours d'expérience que « l'écrivain » énonce, au fil des conversations avec Scarlett, pour connaitre sa vision de l'écriture. Il affirme ainsi que « les gens considèrent souvent que l'écriture d'un roman commence par une idée. Alors qu'un roman commence avant tout par une envie : celle d'écrire » (p. 27) et que « le seul fait de tourner votre trame initiale sous forme de questions offre un lot infini de possibilités. En répondant à ces questions, les personnages, les lieux et les actions vous apparaîtront d'eux-mêmes » (p. 28).

Mais là où le texte devient particulièrement intéressant, c'est lorsqu'on se rend compte, à la fin de l'ouvrage, que l'auteur a semé de nombreux cailloux pour que nous ayons, au sein même du roman, un cas pratique de sa conception de l'écriture. En effet, sans que nous en soyons conscients, c'est dès la page 18 que Sloane a mis en branle le roman à venir. Le narrateur l'annonce même à la fin du roman : « Oui, beaucoup d'éléments du livre sont liés à Sloane [...]. Vous comprendrez en lisant » (p. 568).

> « Elle s'arrêta longuement sur un tableau de Saint-Pétersbourg que je tenais de mon grand-oncle. Puis elle s'attarda sur les alcools forts de mon bar. Elle aima l'esturgeon en relief qui ornait la bouteille de vodka Beluga, je nous en servis deux verres sur

glaçons. J'allumai la radio sur le programme de musique classique que j'écoutais souvent le soir. Elle me mit au défi d'identifier le compositeur qui était en train d'être diffusé. Facile, c'était du Wagner. »

Il faudra simplement attendre que le roman se déploie pour voir ce que Joël Dicker fait du tableau représentant Saint-Pétersbourg, de la vodka Beluga ou de Wagner... Et pareillement, n'est-ce pas *Autant en emporte le vent*, qui, comme on l'apprend à la page 568, est le livre préféré de Bernard de Fallois, qui donne le nom à Scarlett ? Ainsi, « le roman est truffé de références à [Bernard] également. Par exemple le choix de Verbier, qui est un endroit qu'il adorait » (p. 568). L'identité de Scarlett est en revanche façonnée par Sloane, la femme aimée par Joël Dicker puisqu'elles partagent le même tempérament : « drôle et intelligente » (p. 18), elles sont toutes deux d'origine britannique.

On comprend donc tardivement à quel point la réalité a nourri le roman, que clôt Joël Dicker ainsi, après six-cents pages d'une intrigue haletante et d'une plongée dans sa vie d'écrivain : « Le plus important n'est donc pas comment notre histoire s'achève, mais comment nous en remplissons les pages. Car la vie, comme un roman, doit être une aventure » (p. 569).

PISTES DE RÉFLEXION

QUELQUES QUESTIONS POUR APPROFONDIR SA RÉFLEXION...

- En quoi peut-on dire des romans de Joël Dicker qu'il s'agit de littérature populaire ?

- *L'Énigme de la chambre 622* mélange de nombreuses références, notamment à des romans classiques. En avez-vous identifié ?

- Ce livre vous semble-t-il différent des précédents ouvrages de Joël Dicker ? Si oui, à quel niveau ?

- Jean Echenoz a rendu hommage à son éditeur dans son ouvrage *Jérôme Lindon*. Connaissez-vous d'autres livres ayant pour thème la relation auteur/éditeur ? Quels liens ou rapports de force semblent se dégager entre ces deux personnages clés de l'édition ?

- Pouvez-vous citer d'autres ouvrages construits sur une mise en abyme ? Que permet ce procédé dans un texte littéraire ?

- À la page 29, on peut lire : « Pour qu'un roman existe, [le romancier] doit repousser un peu les murs de la rationalité, se défaire de la réalité et surtout créer un enjeu là où il n'y en a pas ». Êtes-vous d'accord ?

- C'est la première fois que Joël Dicker situe l'un de ses romans à Genève, la ville où il est né et où il vit. Ce choix vous semble-t-il revêtir un sens particulier ?

- *L'Énigme de la chambre 622* se construit autour de nombreux flashback. En quoi l'auteur arrive-t-il à renouveler ce procédé ?

POUR ALLER PLUS LOIN

ÉDITION DE RÉFÉRENCE

- DICKER J., *L'Énigme de la chambre 622*, Paris, Éditions de Fallois, 2020.

ÉTUDES DE RÉFÉRENCE

- DALLENBACH L., *Le Récit spéculaire. Essai sur la mise en abyme*, Paris, Seuil, 1977.

- FONDANECHE D., *Le Roman policier,* Paris, Ellipses, 2000.

SOURCES COMPLÉMENTAIRES

- COHEN A., *Belle du Seigneur*, Paris, Gallimard, 1968.

- LEROUX G., *Le Mystère de la chambre jaune*, Paris, Éditions Pierre Lafitte, 1907.

Votre avis nous intéresse !
Laissez un commentaire sur le site de votre librairie en ligne
et partagez vos coups de cœur sur les réseaux sociaux !

lePetitLittéraire.fr

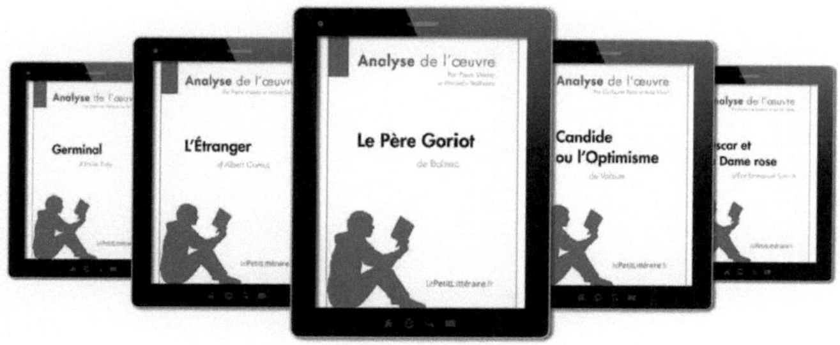

- un résumé complet de l'intrigue ;
- une étude des personnages principaux ;
- une analyse des thématiques principales ;
- une dizaine de pistes de réflexion.

**Retrouvez
notre offre complète sur
lePetitLittéraire.fr**

ISBN version numérique : 9782808023610
ISBN version papier : 9782808023627
Dépôt légal : D/2021/12603/20

Conception numérique : Primento,
le partenaire numérique des éditeurs.